歌　集

湖の挽歌

小西久二郎

現代短歌社文庫

目次

一　稲

一〇二首

花水

水涸れし村は農夫の眼の中にけもの住みつく怪しきまでに

世の変り人の変れる今をなほ番水の掟にしたがふわれら

もう枯るることなき稲に争ひて水入れるなと妻をいましむ

あきんどの水足らざるをのみこみしお世辞に苦き胸酸《むなず》こみあぐ

隣り村の川にあふるる逆水をわれは唾のみ見る幾たびも

水入れよりおこる争ひ見て帰り舌うちひとつ空のあかねに

稲の花うかべ走るを花水と教へてくれし人も逝きたり

人見えぬ暑き日中の田を廻り盗人のごとく入るる花水

花水の田尻にとどくを見とどけし宵はやさしく妻に対ふも

軒端に陽ざし集めて槌の子をふりあげ母は豆をたたけり

休耕の田にあかき旗立てられて妻の植ゑたる慈姑《くわゐ》のきほふ

椋鳥

納屋近く無花果の実の熟れたれば籾もち帰りとりにゆく妻

群鳥の空過ぎしより晩生稲《おくて》刈るわれをにはかに闇の包みぬ

稲を扱くわが口もとに火をつけし煙草を父はくはへさするも

一輪車で籾運ぶとき畚《もつこ》にてになひし祖父母の影を思へり

稲扱きの莚の外にこぼれたる籾ひろふ母の肩は小さし

鼻水をすすりつつ慈姑掘るわれのさまを見下ろす椋鳥の群れ

新春のあいさつをなす妻の指に絆創膏の貼られて居たり

口そろへ妻と母とが新漬けの重石《おもし》をとれと告げくる夕べ

田渋

破れたる莚つくろふ気力失せし父は肥料を売りに歩けり

長靴にべつとり付ける土おとし茶を飲みに去《い》ぬ鋤を田に立て

新しき土を土龍《もぐら》のもりあげしそばに出そろふ水仙の葉さき

暮るるまで妻と田土を運びをり父のことには触れずに居るも

桜見に行けねば工場のひと枝をもち帰りきて壺にさしたり

湯に三晩入れれば籾の白き根は袋のそとまで伸びて来るなり

病院に近き苗代の青むなり散歩と言ひてそれを見にゆく（入院）

田植ゑ済む夕べは流しの軽石で田渋に染まりし手足をこすりぬ

田蜂

耕作のすべて機械になりたるに田植は今も手にておこなふ

水張りし稲田の増収を思ひつつ余光たよりに苗配りゆく

工場の仕事の疲れ忘れはて野道を走りて田植にいそぐ

田植にて眼蓋をはらし戻りくる農夫をあはれむ農夫のわれが

螻蛄《けら》食ひし畦端の稲を植ゑかへて安らぐゆゑか晩酌に酔ふ

人よりも鴉の方がかしこいと手を叩き追ふ妻に言ひたり

鴉らに踏まれて土に埋もれし早苗を手もて妻と立てゆく

妻思ひ田草取りゆくわれの手をにはかに刺して田蜂はゆけり

貰ひ来し医者の古着は野仕事に一日もたずに破れたるなり

田草取る足許にあまた泳ぎゐる蝌《おたまじやくし》　蚪は踏まずにゆけよ

風そよぐとき一せいに色変る若葉を見守りわが刻がすぐ

木鋤

ぽろぽろと手よりこぼるる籾の種農夫のわざを今も引継ぐ

張り終へしトンネル苗代陽を受けてたちまち露を滴らすなり

減反の割当つひに一割と主婦のおほかたはよろこびをらむ

作業帽にあまれる髪にふる雪はしづくとなりて首つたはりぬ

稲架《はさ》より藁を抜き来て焚火する妻とかたみに煙避けつつ

蓬の芽摘みきて春祭りの餅つくる妻と母との声がはづめる

ゼネストにかかはりあらず活けらるる麦は昔の麦の穂もちて

隣家が田植機買へばわが家もと言ひよる妻にしたがはむとす

作業靴とズボンの間に見ゆる足に田渋つきをり職場で気づく

使はざる木鋤は隅に華やぎつつ湖見ゆる田を鋤き終りたり

鋤き終へて遊ばしめたる農機具の鉄に油をくるる雨の日

播きてより風冷たきか苗代の芽は保温紙を突き上げて来ず

五六把《ぱ》の早苗ぶらさげてゆく農夫途上念仏つぶやきにつつ

とりつきし早苗田にうつる夕茜妻と豆植ゑやめて見てをり

穂肥

愛農の心失せにし手にも穂を把ればかへり来土への執着

剃刀の刃をもて稲を切り開き幼穂《えうすい》を確かむ夜の灯の下に

朝露に濡れつつわが田廻り来て施肥量を記す広告のうら

乾きたる田面をちよろちよろ浸しゆく出穂《しゆつすい》期の水の行方見守る

長らくを稲田見ざりき日曜日の午後に来て見る今年の走り穂

西瓜一つ転がる土間に戻り来て母は大根の生えしを告ぐる

埋めらるるわが田のあたりブルドーザーの動くを遠く見守りて居つ

穂ばらめる稲田へ入るる水は涸れ少女のごとき蛭草《ひるくさ》の花

罅《ひび》われし穂田にしみゆく水の音よろこび妻と畦に分け合ふ

花水を欲ばる農夫をののしりし日より脳裏に住みつく鴉

たくましき闘志も稗《ひえ》に似てあはれ疎まれながら生きてゐる父

はなやかな生活《くらし》に追はれゆく村の日暮れ稗束持ちて帰り来

倒伏の稲を思へる妻ならむ町ゆく今日を多くかたらず

出稼ぎに出でて訪ぬる人をらず稲の花咲きまた散りてゆく

籾種

勤めより戻れば妻は籾種をいつより水に漬けるかと問ふ

土蔵より出す籾種のさらさらと早一年の過ぎしを思へり

田植機にて植うる種ゆゑ妻は夜ごと浸せる水を取り替へ気負ふ

ベンレイトの千倍液を造らむと妻が念押して聞く水の量

育苗の箱に仕込みし土の面のしろじろ納屋に乾き初め来つ

風呂に三夜入れたる籾は鳩胸となりて芽生えの兆しを見する

明日播かむ籾種妻は陰干しにしたるか車庫に並べてありぬ

播種機《はしゅ》よりぽろぽろ落つる籾種を真顔で見つむ妻と並びて

籾種を播きゆく朝の晴天にあざやかにある比良の嶺の雪

比良の雪伊吹の雪を野に見つつ昔のままに籾播けるあり

穫り入れの季より休めし耕耘機出し来てオイルの色を確かむ

ビニールの露を払ひて温度計の目盛りと籾の芽生えを覗く

高校に入学したる子を野良に連れ来て耕耘機のハンドル取らす

春あらし比良八荒と言ひつたふる時雨をかはす畦の木陰に

憩ふとき覗く小川に鮠《はや》の群れ動きすばやくなりて光るも

田植機の育苗講習に半日を工場休みて妻出でゆけり

箆鮒《へら》釣りの季《とき》は来にけり耕しつつ曾根沼の昨年の手応へ浮ぶる

田植機

耕耘機田植機の代金借りしままやうやく今年の植付け終れり

植付け後の気温低冷通勤の車窓《まど》より見る田に痛みくる胸

耕耘機も田植機もただ四五日を使ひしのみにて五月すぎゆく

腰痛む田植のわざに耐へて来し祖《おや》らを思ひぬ若葉の陰に

除草剤の三キログラムを撒布して忘れてゆけり草取る労苦

河川工事に柳のすべて伐られゆき豊かな水面に陽は照り返す

家族にそれと告げずに蕨《わらび》採りの季節と伊吹の山を見て居り

無雑作に鋤と鍬とを掛けおける庭に大根かぶらころがる

大鋤

おほおやの耕起に用ゐし大鋤を使はずなりて十年を経ぬ

手に触るるなき大鋤は納屋隅の鋤掛けにありあかあか錆びて

明け早く紫雲英《げんげ》の露に濡れながら鋤にて起せしわが青春期

野に三度飯食らひつつ耕起せし田に蜜蜂の群がりてゐし

大いなる鋤を両手にもちあげて田を起せしはまぼろしの如

大鋤にて田を起したるまぼろしのなかなる母のいまだ若かり

仕事済めば鋤鍬洗へと口ぐせに言ひたる父の壮年期の声

田の砕土に使ひしならむ三つ鍬を父母のしばしば畑に用ゐぬ

昼餉時の乾ける頬にざりざりと塩あり舐《な》むれば塩からかりき

鋤掛けの錆びし大鋤はおほおやの言葉伝ふる「われに汗せよ」

農機具の展示会のビラ入り来れば見るだけは見て諦めゆけり

二　縄

一三五首

稗

稗抜きに来て水澄める川底のぼてじやこの遊ぶさまを見てをり

稲穂よりひときはのびし稗抜きつつひたすら農に励みし思ふ

川端に刈られし稗の干《ひ》からびぬ戦時下牛馬を飼ひて食はせし

農道は広くなりたりみのり田に落ちたる砕石《いし》を妻と拾へり

西山に未だあかねの残れるに稲の葉先は早露おける

堆肥つみ田にまきしわが青年の情熱よ今かへり来るべし

夕暮るる稲に忙しく巣をかくる青白き蜘蛛の幾つともなく

夫婦とも出稼ぎの家の稲田なり稗のきほひて先すでになし

しろじろと乾ける畑に母蒔きし大根双葉のさみどりの列

芋《いも》名月を母の問へるに応へなく炊かれし里芋欲りてわが食ふ

庭先の大豆のはぜるを二度三度たしかに聞きて庭よぎりたり

一株の稗も見逃すことなかれ父の訓《をしへ》をきく日なからむ

しづやかに実の入りし稗を抜かむとすわれは一粒の実もこぼさざり

柿畑に肥桶担ぎてゆくたびに麦や菜種に父と担ぎしを

鼬《いたち》

わが顔をしばしみつめて野路よぎる鼬のみゆるかなしき秋ぞ

出稼ぎの村は尺余の草枯れて午後の陽ざしに穂芒ひかる

亡き君の書きし字とわかる封筒がテレビの下に今もなほあり

天窓より冬のひかりは洩れきたりそこにたまれる煤照らしをり

飯炊きつつ鍋蓋《なべぶた》の上に落ちて来し煤を口にて母吹きちらす

加工液つきしわがシャツ脱殻《ぬけがら》の如く干さるる納屋のおもてに

帰り来て加工液附く服脱げばたちまち家の重みかぶさる

北側に雪をとどめて立つ冬木家の重みに妻耐へゆけよ

納屋の戸の幅だけ冬の陽はさしてそこだけに舞ふ藁埃《わらぼこり》あり

ぽとぽとと雪解の雫の音のして軒に干されし足袋乾きゆく

黄土色に竹藪の病むを見にゆきて落葉のぬれたる道もどり来ぬ

妻のこぼす愚痴なぐさむる夜の更けをトタン叩きて降る時雨あり

農家には嫁に来る娘《こ》がないといふ妻の生きざま見てはうなづく

砥石《といし》もち草刈りにゆく老農夫のつひにひとりとなりしわが村

麦

三たり目の子をみごもれる妻が濯《すす》ぐ村の朝川靄《もや》立ちこむる

産む時期を父が妻に聞きゐる夜軒に吹き込む雪音きこゆ

父と母は仏壇ひらきて合掌す堕胎強ひしのち眠りにつくと

穫り入れ期に当れば産むを否みたる父母は五人の子をなして来し

生くるまま処刑されゆく身はかなし湖国の冬にうしなふ分身

因習にあらがひ来しもしろがねのこの雪ふかく子を葬らむ

産院へ明日ゆく妻の落ち着きて少しの乱れもわれには見えぬ

妻が児をおろさむ日なり窓越しの雪野にそよぐ枯れ葦を見る

見えぬ喪章つけてわが来し湖の辺の雪舞ふ畑の麦はをさなし

寒鮒の僅かな動き見てゐたりはうむりし子は未知ゆゑいとし

雪やめば野菜をとりにゆく妻のめぐりに雪の華やぎてあれ

父と子のかかる疎外の野の道に川端やなぎの小さき芽吹き

飯を食ふ父の歯音になじめずにやや横向きにわれは食ふなり

肉親をにくむいくとせ殺伐としたるわが家に咲く福寿草

大黒柱

みがかれし大黒柱にしむなみだ母のもまた妻のもあらむ
旧き家《や》の世間態のみ守り来し父の頑固さなほおとろへず
冬空の重きを一手にあつめ立つ藪よりひときは高き欅は
夜勤終へもどるわが前に聳えゐるゆるがぬ巨木に照る青き月
湖国《うみぐに》のきびしき真冬に生きてゆく細き木立に手をあてて去《い》ぬ

かたくななる父に仕へし母のこと山茶花開く庭に思へり

嫁ぎ来て十年《ととせ》を経たり朝夕に妻のみがける戸棚のひかり

草刈りの刃鎌を祖父がつね研ぎし庭の隅なる凹みし砥石

臼《うす》

売らむ田にまつはる思ひ出果てなきに妻と来たりて畦の木を伐る

暮れ残る余光は木を伐る鋸の刃にのみ映えゐて闇の迫り来

納屋隅に臼おく家の慣はしをわれも継ぎ来て四十を数ふ

妻の衣の紅きを解きて孫の衣に母は縫ふ大き眼鏡をかけて

ネクタイを解きつついよいよ離れゆく農かと夕べ大き息吐く

嫁ぎ来て旧家に耐へし十年余つよくなりたる妻を愛しむ

病より抜け出でし母か朝早く竈《かまど》のあたりこそこそ動く

味噌つくと朝より竈にかがまりて執念のごと母は豆炊く

預りし着物の柄の目をひきぬ妻に一枚も買はず過ぎ来し

夜勤するわれに昆布茶を入れくるる家風に漸く慣れ来し妻は

流し台近くに擂粉木《すりこぎ》の吊されて半ばは虫に食はれてをらむ

藁

細縄をなふと納屋にゆく父の昔ながらに火鉢さげゆく

父のなふ細縄の臍《へそ》の大きさをちらと確かめ勤めに出づる

田仕事を忘れし父の日ごと綯《な》ふ細縄に見る藁のひかりを

鉢巻をしめて細縄をなふ父に壮年期のころの怒りよ帰れ

菊の名を忘れはてたる父のこと菊の友来てわれに耳うつ

ひそとせる納屋の天井より垂るる籠に大蒜《にんにく》の青き芽の伸びてをり

河原に古き農機具捨てに来しかなしき音を聞きて戻れる

風邪ひきて臥すわが側にゐる妻の目尻の小皺見直して居り

村はづれの畑を借りて蛸焼き屋二坪ほどの店を出だしぬ

雪つもる夜更けはしづかに罪人も魚も眠れみな寄り合ひて

担《にな》ふたび妻が重きをわれに言ひし脱穀機は小屋の沈黙にあり

天窓

枯れはてし芒の穂群に降る時雨ひとときすぎゆきにけり

子供らの神輿《みこし》をかける秋祭りにかかはらず誰か畑に動けり

祭りにはつね笛吹きし父呆けて路地より神輿の渡御見守る

蓬餅つくらむ母の腰かがめ籠ぶらさげて野につみにゆく

幾百年祖《おや》らが汗して耕せし休耕田に苗木は育つ

鉢巻をしめて稲架《はさ》掛けする父の確かならざる足もとを見し

工場誘致に決まりしこの田脱穀を終へて去る時またも見返る

うす暗き台所に建材貼りたるも明りとらむとのこす天窓

古き壁落しゆくとき亡き祖父の大きてのひらふと現れぬ

煤けたる藁を二階にたくはへて旧きわが家の塗り壁の罅《ひび》

冬に入る村の家並にこだまして棟上げの槌ふるふ音しぬ

よ・の・み

わが庭の戌亥《いぬゐ》のよのみ伐るなかれと耳底にのこる祖父の遺言
わが家の栄えを示すと祖父説きしよのみの今は独りで抱けぬ
祖父より父に伝はる煙草入れ手垢《あか》のひかりの身を射す夜あり
残されし掛軸にしみる祖父の性武家の血をひく者の哀しさ
わが祖父の持ち来し槍をかかげたる梁《はり》黒ずみて虫の穴あく

柚子の木に菰《こも》かけやらむと思へるに早雪は来る暗き近江ぞ

ひこばえにしろじろ雪のつもる朝忘れし土への愛の湧きくる

赤錆びし農具は納屋の隅にあり追はるる如く冬逝かむとす

藷《いも》飯《めし》

戦ひに征きたるわれも一人なり生きのびて何をなさむとぞする

戦ひの終りたる日も稲の穂はみのりて空に雲のありたり

戦ひに父も征きたり一代を軍国主義にて終れるかなし

戦ひに馬草と言ひて刈りし草今日妻ときて畦に刈りゆく

酔ひゆけば軍歌も出で来ぬ暗き灯の下に本読みしことを思へる

今もなほ諸飯のうまきことをいふ妻の口調を子はいぶかれり

なにごとも忘れてただに飯食める消防団長にも就きたる父は

ぶつぶつと言ひつつ赤銭渡しくれし祖母の慈愛よ雪の夜に顕つ

味気なき世を嘆き行くちらちらとふる雪をうすき髪にうけつつ

家こぼつ埃をあびし八つ手の葉の今宵の雨に洗はれてゐむ

おくれ咲くたんぽぽの花の二三輪呆けゆく父にことしの夏来

血

片足をひきずり歩む父の影にわれの行方をつぶさに見たり

醜きまで老いたる父をあはれみつつ何ゆゑ素直な言葉の出でぬ

よちよちと父は帰らむ夕暮れの野のひとところに咲く彼岸花

神経痛の足ひきずりて指図するいつまで生きる心算《つもり》の父か

片足をひきずり歩む父なれど口やかましき性はなほらず

猿股の前後をたがへ平然と人来たれば父の応対に出でぬ

この秋も菊咲かさむと挿芽する父の腰すこし右へ曲れる

丹精の菊花は賞に入りたれどよろこぶ気配病む父になし

褐色の草を染めたる夕あかね病む父のこと思ひつつ行く

父の怒号聞く日のなきかわが視野の紫蘇色の湖とぶ鳥もなし

父とわれ生鯖《きさば》を食べて蕁麻疹にかかれり同じ血の流るるや

雪の日は淋しきならむ二三人の友を呼び来て夕餉食ふ父

寝つきたるわが子の小さき歯軋《はぎし》りは父からわれに移り来しもの

温き日は畦の木を柴になすことが日課となりて父の野に行く

墓

湖の辺に墓あり墓石のあはひより日日見る湖の色の変化を

手向けの花は素枯れてしんかんと浜松並木の下に墓所あり

比良山に落つる夕日のあかね色湖越えて墓石の西側を染む

裔のためひたすら汗を流し来て祖《おや》は湖辺の墓に眠れる

湖国路に棲みて哀しきもの一つ幾たりの知己を野辺に送りし

われの死に妻子は如何に暮らさむとさみしき思ひのめぐる夜のあり

人の世の生死思へるわが頬を何のなみだぞあつく流るる

浜松の下に黙せる墓すぐる夜更けを異様にひかる墓石

縄

一代を軍国主義にてつらぬける父をうからはみな疎めるか

ひと冬は手縄を綯《な》ふが仕事ぞと雪の日も納屋に父の籠れる

ひねもすを唾つづかねば縄をなふ側に手水を父の置きたり

犬つれて納屋にゆく父犬に引かれ子供の如しチビと呼べるが

父ちちと父を疎める胸うちを冬の林にある日は捨てむ

父逝かば孝なさざりしを悔やしむや雪の野にきて責むる愚かさ

湖の魚このめる父のために買ふ鰣子《はすご》のうろこのひかるしろがね

縄なふに藁の節《ふし》切ると父がつね携ふる古出刃光りてゐたり

うすら雪のこれる畑に出る蕗の薹の味噌炊き父の好める

雪多き冬去らむとす幾たびか凍るに耐へし草木よ父よ

春くればまた魚釣りに明け暮れむ鮒釣る記憶のこせる父の

三魚

一〇八首

鰣《はす》

盆までは鰣の来るとき水あをき夜のひきあけに網をおろさむ

投網のいくつか父よりゆづり受けこの夏の鰣獲るべくなりぬ

休日は定《き》まりのごとく魚獲りにわがゆく妻に叱られにつつ

魚獲りに白はいかんといふ父の言葉まもりて着るわがシャツを

河はらの浅きに鮠《はや》も鮎も見えつかのまなりし少年の日日

かがまりて動きすばやき鮒を待つ流れの反射はわが身に集まる

しづかなる手応へあれば三つ四つの鮒は入るなりわれよ落着け

しづしづと網よするとき魚白くひかれば胸の鳴りてくるかな

あたらしき投網のみゆる河はらに父のゆづりの網はふるしも

肩に網をかけたる足をしのばせて水に入りゆく狙ひは淵と

網うちをはじめて十年鰻《うなぎ》獲りしことが記憶となりし夏ゆく

投網のつくろひわれに教へたる父忘れたれわれも忘れぬ

俎板にならべる鱒の鱗ひかり侵されざらむ清しさをもつ

なほはぬる魚の臓腑を出だす母に習ふことなく妻は焼くなり

離反する性もちながら魚を獲る血潮は父より継ぐものと思ふ

近江に棲み湖魚を食らひて果てむとすわが生涯の終りのあらむ

鮒

うすあかり起き出で鮒を釣りにゆく家も田圃も忘れて父は

蕗の葉のしげる畑すみに縞蚯蚓《しまみみず》飼ひて親子が釣りに迷へる

鯉釣りし友の話を聞きし夜半夢の鯉ひく手ごたへに覚む

秋祭りの騒ぎ抜け出で沼に来るひとりの時をわけなくも欲り

亡き叔父の釣るに用ゐしコート着て秋澄む沼に釣糸たれむ

この沼に釣りに来し誰くさむらにビールの空罐ひとつころがる

小さきは小さきなりに鮒の顔してをり公害はここに及ばず

藻をつつく小鮒のさまの透きて見ゆ未だ奇形の魚を見ぬ沼

鮒はねし波のゆつたり葦群に消えゆき沼はもとのしづけさ

落したる鮒の波紋のひろがりを眺めてひとり苦笑ひせり

かかりたる鮒は水面に空気吸はせ手元へよする攩網《たも》を受けつ

しんかんと沼しづもればゆつくりと台湾泥鰌《たいわんどぢやう》の浮きあがりくる

一握りの葦に来て啼く葭切《よしきり》のやがて埋もるる沼とは知らず

沼に来て浮標《うき》を見つむるひと刻もわれのひとよはああ過ぎてゆく

魞

網をうつ漁師ひとりも見あたらぬ藻を抱く湾にしばしをのぞむ
聞きなれし波のリズムに和みゐむ浜につどひて語らはむ老い
魞いくつ湖心にむきてふとりゆく鯆子《はすご》、魦《いさざ》の季節となれり
流れ来し形にとどまる芥あり匂ひ持たざるもののすがしさ
枯れ葦のそよげる音と波の音こもごも聞こえてさびれゆく浜

朝霧はしづかに晴れて緑の肌見せくる湖のわれを容れざる

内湖に突き出でし魞の竹ふかくしづかに生くる漁師もわれも

魞にふる雪はしづかに重たかりさいかち浜の荒るる見て過ぐ

やうやくに春告げむとする魞さして氷魚《ひうを》、諸子《もろこ》のよりくる頃か

流木を軒に並べて乾かせりつひに名のみの村とはなりぬ

汚れゆく湖にも育つ魚ありてときにかがやくすがたかなしも

陽当りよき浜に干さるる小糸網の網目をたしかむなに獲るならむと

トロ箱のかわける鱗いく枚に鯉か鮒かと顔よせて見る

浜に座し若もの二人蝦獲りの竹瓮《たっぺ》に塗りゐるコールタールを

鮒ずし

幼きよりすしと言ひ来て鮒ずしの饐ゆき匂ひに慣れきぬかなし

湖北辺の友にもらひし鮒ずしの樽あけてみる待ち経し休み

夕餉の卓鮒ずしひと皿置かれたり老いたる父の笑み美しき

亡き祖母の好みたりにし鮒ずしの飯《いひ》を思へり誰《た》も口にせず

鮒ずしの一尾《ぴき》ふかかる山里に住むきみのため出だし送らむ

秋の日に船の生簀《いけす》に飼はれゐし鰻は雪の今朝如何に棲む

いま獲れしばかりの鮗か店の主婦計れるときもこもごもはぬる

店先のトロ箱にはぬる糠蝦《ぬかえび》の透きとほりたる身に安らぎをりぬ

渋

手術後の身をいたはれる父なれど魚獲ることの去らず網すく

網につけむと蔵より父の出だしくる壺より渋のきつき香ただよふ

鮒網かはた鱒網か軒たかく父の渋せし網に陽の射す

鮒ずしを父あげくれば共に食ひ練れたる味を親しく語る

鮒釣りにゆかむと飼ひし縞蚯蚓使はぬままに花の散りゆく

水ぬるむ川に沿ひゆけばいちはやく逃ぐる構へす小魚のあまた

年毎に減りゆく魚と思ひつつ雨の湖辺に来て網をうつ

獲られたる鮒の生簀に生かされて何を見つむる涼しき眼

餌《ゑさ》入れを忘れたるまま魚釣りにゆきたる父よいづくに気づく

さやさやと真菰《まこも》の葉ずれの音聞けばあはれと思ふ父の生涯

秋風の吹かば湖鱒《うみます》くるといふ父の言葉の今も鮮らし

鱗

みどりなる湖に突き出でし魞のみゆ継がるる淡海の漁りつつまし

汚れたる水をもぐりて遡《のぼ》りくる産卵期の魚の腹ふくらむや

新しきコンクリートの湖岸にひと群残りし葦も焼かるる

病む湖の色に目覚めし夜半のわが頬を流るるなみだのありき

田仕事の寸暇に投網もちてゆく父に習ひし魚を獲ること

湖に生きし漁師のひろき肩幅に鱗ひかるをしばしば見たり

船つなぐ太きロープは砂かみて魚臭失せたる浜のわびしさ

汚されむ湖を知らずに啼く鳥にむかしのままの水面のあかね

泳ぎ居るおひかはと鮠の群れの中ゆくりなしかもわが顔を見ぬ

蜆《しじみ》汁すする夕べは忘れゐし湖の匂ひを思ひ出だすも

排水の流るるほとりやうやくに葦のたしかな芽吹きを見たり

波紋

ひたすらに浮標を見つむる若ものの淋しき顔を染むる入り日は

伝はりし業《わざ》を継ぎ来て葦すだれ造る家あり入江のほとりに

浮草は船かよふ幅の水面あけ沼のふかみに鯉ひそまむか

動かざる二つの浮標を見つめをり世の争ひはいづくにありや

魚釣りのときめきをわが抑へつつ雨に濁れる川沿ひをゆく

ぎらぎらと照る陽のもとに浮標見つめわが生涯の一刻が過ぐ

小さなる波紋無数に率ゐつつ小魚の群れのうつりゆくみる

持ち帰りし小鮒の鱗拭く母は目を細めつつ出刃をまへにす

鱒

北風《きた》さむく吹けば湖より鱒来るに獲る暇なくてそを夢に見る

孕《はら》みゐる鱒の腹よりしぼりたる卵は透けり夜の灯のもとに

大粒の黄金の卵は透きとほり息するごとし食ふをためらふ

たしかなる歯応へありて潰れゆく一つの命のかくもはかなし

煮あがりて鱗立ちたる鱒を食ふこれはうまいと父のひとこと

鮎苗

みづうみの生簀に飼はれし鮎苗は四角にめぐる習性のあり
鮎苗にまじれる雑魚を攩網にすくふ老漁夫の手つき慣れたる
虹色のぼてじやこもみな掬はれて網のなかにし腹みするあり
酸素ボンベ備ふる異様な車来ていづくへか鮎苗運び去りたり
攩網よりこぼれし魚は二度三度はねゐしが道に動かずなりぬ

いづくへか運ばれゆくを知らぬまま鮎苗は網に泳ぎて居たり

人間に食はるるために生《あ》れ来しやさかなの黒き背の筋を見つ

岩《いは》魚《な》

湖と沼の釣りより知らぬわれの来て岩魚釣らむと渓に入りゆく
奥伊吹甲津原に来て岩魚獲る渓流の音ただに聞くのみ
澄みきれる渓の流れのいづくにぞ岩魚は棲まむ姿見せねば
谷の木の陰にて岩魚の当たり待つ奥伊吹の風に真夏を忘れ
枝析れて落ちしはそのまま堰となりひときは音の高く流るる

岩陰ゆ竿を出だして当たり待つわが知らぬ岩魚のあたり如何と

渓に釣るわれに附き纏ふ虻ひとつ払へど払へどつきまとひ来も

目をこらし見つむる渓を遡り来し山女《やまめ》すばやく岩に隠れぬ

谷釣りの確かなる当たり二度三度初めての引きに胸の踊るも

岩陰の糸引きあぐるに力強き手応へありて岩魚かかり来

釣りあげし岩魚は針を呑みゐたり針をとりつつ驚くその歯

鮭科ゆゑ似たる魚斑と思ひつつ岩魚の腹を見つむるしばし

熊笹に通せる岩魚臭ぎとめてどこより来たる銀蠅《はへ》のいくつか

山菜と山の魚を食ひ足りて杣人に教はる青楤の樹を

四地

一一七首

蓮華寺

山かげの道いくまがり来て着きし番場の宿《しゆく》はその影もなし

幾たびかおとづれし茂吉思ひつつゆく坂田野に稲穂色づく

訪ふ人もなき境内の草むらに昼こほろぎの啼きて居にけり

入口の箱に「二十円入れて下さい」と書かれて寺の由緒書あり

建てられて幾とせを経ぬ苔つかぬ翁の歌碑に秋の陽そそぐ

五右衛門風呂に入れる翁の眼裏に顕ちて一しほ親しみの湧く

忠太郎地蔵に誰の手向けたる花しぼみゆく午後の陽ざしに

親と子の絆を説きたる物語今の子はなぜと問ひかけてくる

裏山の松に風なしひぐらしの声のみ透ける山のしづけさ

自刃せし四百余人の墓に見るとしつきを経て凭《もた》れ合ふさま

過去帖は今ものこれり主家のため命ささぐるいくたりありや

仲時と忠太郎と茂吉かかはりのなけれど共にここに碑のあり

境内の松の落葉を踏みしむるわれはひととき生き生きとして

充たさるる思ひに夕べ山くだる蜘蛛の巣をはる家にむかひて

筑摩、朝妻

菅笠を被りし祖《おや》らなつかしむいま筑摩野の眠りはふかし

天野川ここに流れて湖に入る息長《おきなが》川とかつて呼びしに

春売りし村の歴史は微塵だに見えずはなやぐ子ら浜に来て

にほ鳥の息長の名を慕ひ来て陽にひかり居る天野川を見ぬ

子守りする村の老婆に声かけてみささぎまでの道をたづぬる

広姫のみささぎ深くしづもりて椿の大樹の葉が照り返す

かなしみの証しの如しみささぎをかたくとざせる鉄扉に錆は

村居田へ地図をたよりに訪ねきて伊吹の麓を今日見とどけぬ

湖北路のみささぎひとつ珠玉《たま》のごとわれのみの夜に光りてゐたり

河口の砂に遊べるからす二羽いかなる眼もて湖見て居らむ

風雪に荒れしは能の舞台より人のこころと思へてならぬ

永源寺

色づけるもみぢを仰ぐ人の顔しばしを朱に染まる見て居つ

ひと葉またひと葉音なく散りくるを踏みゆく人の数の限りよ

音たてて無限に落つる滝の水の湖にとどかむ日を思ひ居り

青石をさがす河はらいつせいに石の視線に射さるるごとし

孤蓬庵《こほうあん》

幾とせの夏を迎ふる老い藤か青葉透かせて世にかかはらぬ

「観光をやめて庭を拝もう」の貼紙ありわれの一撃さるる

山裾のみどりを背負ふ小堀家の一門の墓所に野菊群れ咲く

くれなゐの山の躑躅《つつじ》の花落つる風のそよぎの峡に生まれて

もののふがこの山峡にこもりたる心のきはみ帰途に思へり

摺針《すりはり》峠

入陽あび摺針峠を越えむとす無意識にかへるわが師の歌の

摺針峠われの越えむと夏草の生ひて埋めたる坂のぼりゆく

西埜《にしの》の湖

湖底に沈まむ父の声を聞く孝養はつひにわが為さざりき
秋ふかき西埜の湖は藍冴えて湖に慣れたるわれも見惚るる

鳥籠《とこの》山、不知哉《いさや》川

中仙道の家並昔の影のこせどさびれてゆかむ人の通りは
壬申の乱の砦になりしとふ山しづまりて舞ふ春の雪
山頂の御登臨の碑面ややさびて人は明治の遠きを言へる
石を噛み流るる水に映りゐる山かげの木のみどりはふかし
不知哉川大堀川よ善利《せり》川と人ら呼び来てまた果てゆくも

天津彦根が彦根の地名になりしとぞ町を見下ろす山の頂

侵されてゆくらむふるき山川を浄むるごとく雪のふりつぐ

背かれて背きて人の暮さむに近江にあつき恋歌のこれる

佐和山城址

のこるものなにひとつなき三成の城跡に来て先づ汗を拭く

樹の陰にあはれ立ちたる群霊碑われをとらへて語らむとする

哀しきは「あうむ物語」城址のひそけきに聞く初蟬の声

手入れよき裏白《うらじろ》の葉にふるひかりわが終末もかく静かなれ

失はれしものの声きく城址より彦根の城の天守閣見ゆ

人が成し人がつぶせる城址に木草の生ひて夏逝かむとす

戦国に生きたる武将の終末を脳裏におきて山を降りゆく

もみぢまつり三百年祭今にして知将三成よ報はるるべし

梨の木峠

若ものの一人求めむために来し梨の木峠に萩の花咲く

山里の小学校の運動会わづかな生徒の綱引きを見る

峠より見ゆる山田は色づきて脳裏かすむる神話のいくつ

数人の客をのせきて止まるバス幾曲りしてここに着きしか

きよらかなる谷水に会ひ人に会ひ運動会を見て峠を下る

金剛輪寺

寛永十年良如心親王筆と記す寺庭の口なる「下馬」の標石《しめいし》
惣門の甍にたまれる松落葉見あげてくぐる人はいくたり
参道には青き楓のかさなりてひぐらしの声止む刻のなし
幾年の風雨に耐へたる庵ならむ黙して秋の陽ざしをあぶる
曝されて木目あらはなる額の字の大心院をたどり読みたり

ひとつひとつ形たがへる石ならべこの参道を造りし人ら

足もとに数枚ちりしく病葉を何の葉ならむとふり仰ぎみる

奥山の苔には風もさはらずと北庭に来て風をたしかむ

安土城址

淋しきは駅のみならず村はづれに仰ぐ安土のひくき城山
改修せる三重の塔の壁の画にかそかのこれる僧の輪廓
築城の石を運びしいにしへの人夫の汗に身は責めらるる
蔓草の思ひのままに茂りたる天守の址に君と来て立つ
再建は噂にすぎず草木のみどりきほひて人わすれゆく

奥津島

沖の島とたがへし茂吉祐吉も世になし島の新緑の樹々
山いくへ重なりなせる島山の津田の細江によするささ波

蒲生野

綿向の山にいくらかのこるといふ紫草にわれを会はしめよ

秀麗なる女人がこの野にのこしたる恋歌知るや山鳥の声

還らざる悲しみ抱けば恋ほしかり寸暇を抜けて蒲生野に来ぬ

積もりたる落葉のもとに耳かせば千年の世世の嗚咽きこゆる

届かざる女人の像あり山かげの松の根方にまだのこる雪

安曇《あど》川

斜陽と言はれつつなほ扇骨を業《わざ》となす安曇の西万木《にしゆるぎ》の村

遠き祖は帰化人ならむこの業を安曇の川の辺に継ぎて幾年

相むかひ夫婦が扇骨つくりをりひとつ窓ゆゑ昼も點して

うたはれし安曇の港は跡形もとどめず身の丈に青草しげる

湖岸のせまき空地に播かれたる紫蘇《しそ》の双葉に夏の陽そそぐ

一ノ瀬村

しづかなる山里に今咲きさかるすももの花にふる小糠雨

山にゆき君が採り来し花なれや床に清しき羊歯活けてあり

清新なる山の歌詠む君の家に昼餉のわらびさりさりと食む

山寺をよぎらむとしてふと見たる裏庭の木《ぼく》に椎茸生ふる

目の前の山をけむらせ横薙ぎに降るを見守る時雨の移り

鶏足寺址

杉苗を植ゑし遠祖先《とほおや》のこころ直《なほ》し杉野杉本に育ちゆく杉

弘法大師の腰掛岩と人呼びて木かげの石を今も拝めり

あのあたりまでが近江か廃坑となりし土倉の山のそびゆる

背負ひ子を山の女は負ふ習ひ今も昼餉に荷を負ひもどれり

山ふかきに鶏足寺址のありといふひたに恋ひつつ訪ぬる間なし

賤ケ岳

風雪に洗はれこし身を夏の陽にさらす万年杭は黙して
リフトにて山頂に向かふ時の間を人の孤独を嚙みしめてをり
秀吉の戦略とどむる碑の前に若者たちのコーラスおこる
いしぶみを読む老いひとり白髪の後部に注ぐ夏の日の燃え
塩津港のあたりすぎつつ北陸路塩を運びしむかし思へり

余呉湖《よご》

雪の夜に幾たび夢に見し湖か太湖の余りで余呉といへるを

舞ひ降りし天女が衣を掛けたると語りつたふる衣掛け柳

横薙ぎにみだれふる雪受けとむる湖底に幾万の魚は眠らむ

戦国の秘話をとどむる湖の面は雪にけむりてとぶ鳥もなし

湖北路の雪にけむれる野に立ちて万年杭が突く重き空

湖かこむ家も勤めに出づるらしひそけき路地に雪ふり始む

雪ふるに釣竿をもつ幾たりかわれに通はむ何かをもてり

ごとごとと北陸線を貨車ゆけり幾年か前の日本のごとく

伝説の湖をながめて育ちたる湖北の女のかげの胸に棲む

入江抱きてしづもる漁村の真昼間を花房重く咲く桐の花

菅山寺《かんざんじ》

新緑の大箕山頂たづねゆく一里の山みち君に負けじと

山寺をまもる人あらむ山路の笹の刈られて色失せゐたり

天満宮十一歳の堂といふさびれしに花の手向けてありぬ

無住寺のかなしききはみしろじろと群れ咲く射干《しやが》の花を見て居ぬ

お手植ゑの欅の幹はふたかかへと育ちて夏の陽射しさへぎる

幼き日父と来にける記憶ありと君の感激の伝はりくるも

山裾よりとよもす風の熊笹をゆすりてわれの頬冷やし過ぐ

手洗鉢にちろちろ落つる山水の冷たきをふふむ君とかたみに

解説

米田登

小西君は昭和四十年一月、「好日」の新鋭として第一歌集『聖湖』を世に問うた。これには三十年より三十九年に至る全作品から三百六十数首が厳選され収載されたのであるが、評判はあまり芳しくなかった。当時の彼の作歌姿勢を如実に現わして、はなはだ混沌としていたからである。小西君は二十五年ごろ歌を作りはじめ、以来一貫して農業と農村生活を素朴に歌いつづけ、純真な農民歌人として出発した。ところが三十年代に入ると、素朴な写実主義の瑣末的欠陥に気づき、短歌の未来は日常性を超える詩的形象の創造にあると提唱し、同時にみずからその実践に乗り出した。しかし前者を完全に清算し終わり、個性ある後者の完成を遂げて、歌集を出したのではなかった。そこで写実主義に立つ素朴な直叙の歌と、詩的に構成した反写実風の歌とが混在する結果となった。彼自身は勿論後者を自分の進む方向とし、後者に賭けて第一歌集を出したのであるが、私はこの歌集に彼の変貌を詳細に辿った極めて長い「解説」を書いて、混在感を少しでも柔らげようと図りながら、なお次のように結ばざるをえなかった。

しかし彼が到達した現在の手法をさらに押し進めてゆくか、出発点であった彼本来の傾向を表面に出してゆくかは、もっとも根本的な課題であろう。いずれを進むにしろその前途は多難と言わねばならないが、彼はおそらく今日までに示してきた熱意と力行によってそれを克服してゆくだろう。

こういう批判的な展望は発行者として慎まねばならない言葉であったが、それでも書かざるをえなかった。果たして反響は、彼の属していた「新歌人会」の同世代歌人にはおおむね好評をもって迎えられたが、歌壇の実力ある先輩諸氏にははなはだ不評であった。けれども歌集『聖湖』を出したことは、小西君にとって決して無駄ではなかった。この反響、特にさまざまな角度からの否定的批判によって、彼は自分の進路を確認したのである。

この第二歌集『湖の挽歌』には昭和四十年から五十年までの作品四百六十首あまりが収められているが、小西君の再出発後の豊かな成果を見ることができる。昭和四十年、歌集『聖湖』の出版記念会および批評特集号の終わった頃から、小西君は再出発を志した。批判を浴びたことによって真に自分の作品を知り、作歌態度の混迷を悟って、そこから脱け出ようと彼自身が日夜模索したのは勿論だが、もっとも影響を与えたのは親身になって忠告を与えた香川進氏であった。香川さんは歌集

『聖湖』の手法的混乱や作歌態度の矛盾を衝くだけでなく、短歌の本質は何か、その伝統はどういうものかを論じ、さらに今後をどう進むべきか、何を生涯の課題として歌うべきか、話して聞かせた。この親身になっての教示に、小西君は飜然として悟るところがあったと述懐している。以来、彼は一切の迷いを捨てて香川さんに師事し、今日に到っている。香川さんが西下されると出会いに行き、万葉旅行をされると案内に立ち、時には自宅に招いて一夜を語り明かすという傾倒ぶりだが、この傾倒の中から彼が香川さんより得たものは測り知れない。実際、彼の短歌への開眼は香川さんなくしてはありえなかったと言っていい。しかし開眼したからと言って、作品が直ちに進展したとは言えない。先に引用した私の「解説」の言葉に即して言えば、もっとも根本的な課題である進路が決まっただけであって、いずれを進むにしても前途は多難であったのである。特に彼の再出発が家の追尋を通じて湖国という風土へ切り込んでゆく方向にあり、詩的手法を払拭して写実主義を新しく探索する進路であったため、ややもすると彼の出発点である農民短歌へ後退したものと看做され、周囲の無理解な批評を受けねばならなかった。けれども彼はこの方向以外に自分の進む路はないと確信して、迷うことなく信ずるところを押し進めてきた。その成果がこの歌集なのである。

この歌集は四編から成っている。第一編「稲」は小西君がみずから営む近江の国愛知川流域の農耕生活を歌った作品であり、第二編「縄」はその地に農を営んできた父祖幾代かの旧家の重みを見直した作品である。第一編は生活を横の拡がりにおいて把えた作品であるとすれば、第二編は農耕を縦の繋がりにおいて歌った作品と言うことができる。第三編「魚」は湖魚の鮒や鯰、そして岩魚等を歌った一群であるが、単なる対象としてこういった淡水魚を歌っているのでなく、獲ったり釣ったり食べたりするものとして歌っているところに特色がある。つまり魚類の歌も彼の生活の歌、少なくとも生活の一部の歌となっていると言える。まして父母妻がこれに関わればなおさらである。最後に第四編「地」は近江の万葉遺蹟や名刹旧址を訪ねた作品である。彼が約七年間情熱を傾けて執筆した万葉近江地誌研究の所産であり、またみずからの生活を追求して行って気付いた環境の再発見でもある。昨年夏、小西君から第二歌集出版の相談を受けたとき、私がまず提案したのはこの四編に分けて編集することであった。題材を身辺にとり風土を追求している再出発後の彼の作品が、独自性を獲得しはじめたのは昭和四十五年ごろからであったが、独自性はこの四部類の作品にあったからである。編年体などに編集して時折りの歌が混じれば、彼が生涯の課題として取り組む主題をそれら夾雑物の中に紛れさせてしまうと思ったからでもある。さいわい彼もこの案に同意してくれ、早速原稿の整理に取りかかったようだが、分類するのは相当むずかしい作業のようで、会うたびにむずかしいとこぼしていた。例えば農の歌にも家の歌にも分類できる歌や、魚の歌にも父の歌にも分類できる歌が多いというのである。私はこれを聞いてうれしかった。これこそ彼の歌が彼の生活から生まれ出ている証拠だと思う。こうして出来上がった原稿を、昨年末香川さんに見ていただき、香川さんからさらに適切な助言を得たのは私としても心強く、『湖の挽歌』の出版にかなりの自信をもっている。

昭和四十八年、小西君は「好日」の編集委員の一員となったが、この頃から作品はまた一段とよくなってきた。社友の作品を選歌し指導する立場に立ったことが、自分の作品を前にも増して深く考えさせるようになったためであろう。歌境はいよいよ風土性を濃くし、みずからの農業を歌いながら、湖東地方の家一般農業全体を印象づける作品となり、格調も次第に高められて一種の風格をもちはじめた。四十九年十二月、「短歌」の「現代俊英集」の一人に選ばれ作品三十首を発表しているが、それに次のような短歌観を付記している。

私はその「家」につながる「風土」のなかから、如何に生きるかという主題をつかみたいのである。その主題やテーマは余りにも大きすぎる。従って、私は一首が無理なら十首で、十首が無理なら何十首かで、何百首かで表現したいと思っている。自己の生活乃至生きる環境を基盤として、いわゆる泥くさい、地に足をつけた歌をと考えている。亡き師米田雄郎の言葉の通り、「あせらず、迷わず」じっくりと地味に作りたい。その彼岸には必ず独自性のあるものがあると信じている。又、その表現においては、単純化ということを念頭においている。無論、これは単純な作品という意味でなく、方法論的なものである。難しい言葉や表現は避けて、適切な、理解され易いものをと思っている。

前後を断ち切った引用であるけれども、彼の短歌観、彼の主題や態度や表現法を知るには、最適の言葉ではなかろうか。結局、彼の歌の系譜は遠く万葉の精神に帰結するが、引用中にも述べられているように私の父に繋がるものであり、彼が現在連載中の労作「夕暮・雄郎・進」で闡明する、「詩歌」より「好日」への継承された極めて正統な白日社歌風と言えよう。近年ますます都市人化する歌壇の中に、貴重な土着の歌人の出現をよろこぶとともに、努力家の彼であるからさらに一歩一歩独自の作品世界を築いて行くことを信じ、その最初の成果を問う『湖の挽歌』の出版を祝福したい。

昭和五十一年一月二十日

茨木市好日荘にて

後記

本集は昭和四十年に出しました『聖湖』につづく私の第二歌集であります。作品は昭和四十年より同五十年の中より四六二首を選んで、『湖の挽歌』と致しました。又、内容は主題別に四章にわけてみましたが、その混入はさけられませんでした。さきの『聖湖』については香川先生始め、諸先輩より懇切なる御教示をいただき、今も感謝している次第です。その後再出発を志して十年余りになりますが、その間の歩みは全く牛歩の如く遅々としたものでありました。唯最近に至ってようやく自分の歌の方向なり、テーマ、表現などに一縷の明りを見出だした状態でありますが、その道は遠く、きびしいものでありましょう。そして結局、米田雄郎先生の歌がその目標となるでしょうし、大山澄太氏の雄郎観の如く、「まんまるい」、「土くさい」、「すっぱだかの」、「人なつかしい」、「淋しがりやの」作者になるべく努力する所存です。又、第三歌集を出した直後においても、「精神の方向、道、はるかに遠くおのれの貧しさに泣く」、これも先生の言葉ですが、そうした作者になりたく思っております。

むずかしい理論なんかもういいでしょう。むしろ、私としましては土着の歌人としての本格的な歌を作ること、その覚悟が肝要かと思います。

尚、本集の発行に際しまして、選歌より解説まで身に余る御指導をいただいた米田登先生、師走の一夜を徹夜の状態で本稿に目を通していただいた香川進先生、原稿の整理、清書を快く御協力下さった高岡悠紀子氏にはお礼の言葉もありません。題字をいただいた香川進先生、出版の労をお引受け下さった短歌公論社、併せていつも激励をいただいている好日社の諸兄姉の御厚情に感謝申しあげる次第であります。

昭和五十一年一月末

小西久二郎

小西久二郎略年譜

昭和4年（一九二九）　0歳
五月二日、滋賀県愛知郡稲枝村大字彦富（現在彦根市彦富町）一七三三番地に生まれる。父貞一、母志津。男四人女二人の長男。家業農。

昭和11年（一九三六）　7歳
稲枝小学校に入学。

昭和17年（一九四二）　13歳
稲枝小学校卒業、県立彦根中学校入学。

昭和19年（一九四四）　15歳
八月、中学三年生より甲種予科練生として、鳥取県美保航空隊に入隊。

昭和20年（一九四五）　16歳
八月、終戦となり九月復員。食糧事情により農業に従事。その後青年団活動、ＢＢＳ活動、少年補導員活動。

昭和25年（一九五〇）　21歳
啄木の作品に感動、詩や短歌を作り始める。

昭和27年（一九五二）　23歳
米田雄郎を識り、「好日社」に入社する。又、近江詩人会に入り、井上多喜三郎、杉本長夫、小林英俊、大野新、藤野一雄らを識る。

昭和31年（一九五六）　27歳
三月、神崎郡能登川町能登川の飛永捨次郎長女はると結婚する。

昭和32年（一九五七）　28歳
『好日歌集』第二輯（十八人合同歌集）に参加する。

昭和33年（一九五八）　29歳
三月、長女章子誕生。その頃より「好日」の編集助手として毎月極楽寺を訪う。水清久美、滋瑛美、津島喜一、犬飼志げのらと共に。

昭和34年（一九五九）　30歳
三月、米田雄郎死去。登代表となる。

昭和35年（一九六〇）　31歳
二月、長男正志誕生。犬飼志げのと共に新歌人会に入会。千代國一、三國玲子、畑和子、富小路禎子、只野幸雄、山本かね子、森淑子ら多くの歌友を識る。

昭和36年（一九六一）　32歳
万葉研究家で歌人の堀内民一、今井福治郎を識り、万葉近江の研究にとりくむ。「好日」に「万葉近江うた」の連載を始める。

昭和40年（一九六五）　36歳
第一歌集『聖湖』を初音書房より出版。豊中市に寄寓の香川進を訪う。以後再三作品の添削をうける。進の紹介で石本隆一を識る。

昭和41年（一九六六）　37歳
臨時社員であった(株)高田工場（現在タカタ(株)）の社員となる。

昭和44年（一九六九）　40歳
(株)高田工場の参事、管理職になる。

昭和46年（一九七一）　42歳
三月、進と山村金三郎来彦、井伊家訪問、一泊して雄郎十三回忌に極楽寺へ案内。七月、湖北出身の先輩富永貢来県、長浜に一泊して湖北をめぐる。

昭和48年（一九七三）　44歳
犬飼志げの、中野照子と共に「好日」編集委員、選者となる。

昭和49年（一九七四）　45歳
七月、大津市瀬田より進来宅、彦根湖岸の「魚繁」にて昼食。八月、沃野社の富小路禎子、山本かね子、田中博子ら一行が来県、湖東三山他へ案内する。十二月、「短歌」十二月号「現代俊英集」に〈湖魚の歌〉三十首及び短文を発表する。

昭和50年（一九七五）　46歳
「好日」に「夕暮・雄郎・進」の連載を始める。十二月、進来宅して二泊。万葉の故地案内。

昭和51年（一九七六）　47歳
四月、短歌公論社より第二歌集『湖の挽歌』を出版する。瀬田に在住の進を訪う。六月、大津市及び東京において出版記念会を開く。十月、「未来」の吉田漱、川口美根子、宮岡昇、米田律子ら二十名来県、湖東三山他へ案内。十一月、阿部正路ら「万葉の会」の一行を湖東三山、石塔寺他へ案内する。

昭和52年（一九七七）　48歳

「好日」一月号より「香川進論」の連載を始め、六年に及ぶ。六月、犬飼志げの死去。七月、進来宅、山東町から湖北を案内、尾上港にて一泊。十一月、阿部正路ら「源氏の会」来県、万葉故地へ案内。十二月、現代歌人協会会員となる。

昭和53年（一九七八）　49歳

四月、進来県、万葉故地へ案内、彦根にて一泊する。

昭和54年（一九七九）　50歳

三月、父死去、七十五歳。

昭和55年（一九八〇）　51歳

十一月、富永貢来宅一泊、雄郎極楽寺歌碑除幕式に同行出席。進も出席し、金三郎と共に滋賀県歌人会再発足の督促をうける。

昭和56年（一九八一）　52歳

一月、県歌人協会の発足準備会を三十余名の参加を得て開催。四月、第一回短歌大会を開き、幹事兼選者となる。講師は進。

昭和57年（一九八二）　53歳

九月、牧羊社刊の『現代歌人二五〇人』に五首出詠、尚雄郎、中野照子、岸田典子、米満英男、服部忠志の作品について執筆する。彦根文芸協会発足、理事となる。十二月、母死去、七十五歳。

昭和58年（一九八三）　54歳

三月、有朋舎より『香川進の人と歌』出版。十一月、永年の少年補導員活動により県警本部長表彰を受く。

昭和59年（一九八四）　55歳

四月、短歌公論社より第三歌集『続湖の挽歌』を出版する。五月、八日市市の市神神社額田王祭献詠歌の選者となり、以後毎年奉仕する。七月、出版記念会を大津市にて開催、進、富小路禎子、鈴鹿俊子ら百六名出席。

平成元年（一九八九）　60歳

二月、日本現代詩歌文学館評議員となる。十月、滋賀県レイカディア大学（老人大学）文芸学科講師となる。

平成2年（一九九〇）　61歳
四月、京都新都ホテルにおいて進と歓談。
五月、短歌新聞社より第四歌集『湖に墓標を』を出版する。

平成3年（一九九一）　62歳
七月、日本歌人クラブ県委員となる。十二月、ながらみ書房刊の『私の第一歌集』上巻に参加、『聖湖』より五十首とエッセイを寄稿。

平成4年（一九九二）　63歳
二月、彦根市より文化功績章を受く。

平成5年（一九九三）　64歳
一月、東京四季出版発行の『平成歌人短冊全書』に参加。三月、米田登死去。十月、ペアーレ彦根（彦根社会保険健康センター）短歌講師となる。

平成8年（一九九六）　67歳
四月、短歌新聞社より第五歌集『還らざる湖』を出版する。八月、滋賀文学会理事、文学祭選者となる。

平成10年（一九九八）　69歳
三月、「冬湖」に「三國玲子の歌」の連載を始める。十月、香川進死去。

平成11年（一九九九）　70歳
四月、短歌新聞社より第六歌集『湖の痛みを』を出版する。七月、日本歌人クラブ近畿地区幹事となる。多賀大社観月祭献詠歌選者を委嘱される。

平成14年（二〇〇二）　73歳
十月、八日市市の市神神社に第一歌碑を建立する。

平成15年（二〇〇三）　74歳
一月、好日発行所自宅となる。四月、短歌研究社より第七歌集『湖の哭く声』を出版。

平成16年（二〇〇四）　75歳
七月、湖東を中心に淡海歌人クラブを設立、第一回短歌大会を開催、その代表となる。九月、県レイカディア大学永年講師により感謝状を受く。十二月、京都新聞近江文芸短歌選者となる。

平成17年（二〇〇五）　76歳
十一月、自宅庭に第二歌碑を建立する。出席者百三十名。

平成18年（二〇〇六）　77歳
「短歌新聞」五月号に「好日六五〇号について」の回顧と課題を執筆。十月、関西短歌雑誌連盟幹事となる。

平成21年（二〇〇九）　80歳
一月、短歌研究社より第八歌集『湖への祈り』を出版する。

平成22年（二〇一〇）　81歳
九月、県歌人協会三十周年記念大会において功労により表彰を受く。

平成23年（二〇一一）　82歳
「短歌新聞」七月号に「好日六〇周年」エッセイ〈重い今後の課題〉を執筆。十二月、角川書店より第九歌集『湖との訣れ』を出版する。

平成25年（二〇一三）　84歳
一月、長男正志死去、五十三歳。十一月、滋賀文学会より永年理事に対しての感謝状を受く。

平成27年（二〇一五）　86歳
五月、詩歌文学館評議員を委嘱される（五か年間）。現在、県下十か所の短歌会の指導にあたっている。

本書は昭和五十一年四月短歌公論社より刊行されました。

歌集 湖の挽歌　〈現代短歌社文庫〉

平成28年1月15日　初版発行

著　者　小西久二郎
発行人　道具武志
印　刷　㈱キャップス
発行所　**現代短歌社**

〒113-0033 東京都文京区本郷1-35-26
振替口座　00160-5-290969
電　　話　03（5804）7100

定価720円（本体667円＋税）
ISBN978-4-86534-136-2 C0192 ¥667E